山海經數字幻旅 7

天狗食日

在成長數字教育開發團隊 編繪

全書錄音

中華教育

靈賢和靈盼一直忙着守護人類，乘黃也跟着他們四處奔波。時間久了，乘黃有些體力不支。正好前面就是天帝山，靈賢和靈盼聽說山上的杜衡可以幫乘黃補充體力，於是決定去採一些。

他們剛找到杜衡，準備動手採摘時，奇怪的事情發生了！天突然開始變暗。靈盼驚訝地大喊：「靈賢，你快看！太陽不見了！」

太陽不見了，這可是天地間的大事！靈賢和靈盼趕忙讓玄鳥給天界送去消息。

靈盼看着黑壓壓的天，有些害怕地說：「天這麼黑，甚麼都看不見，我們怎麼找太陽呀？」

靈賢想了想說：「我們先去泰室山摘點蕘草吧，聽說吃了它能讓眼睛更亮，在黑夜裏也能看清楚。」

一片黑漆漆中，泰室山上隱隱約約閃爍着一些光芒。靈賢和靈盼小心翼翼地爬上泰室山，摘了一些萲草握在手裏。可是太陽到底為甚麼會消失呢？

這時靈盼說：「我剛才看到山腳下有個村子，我們去那裏問問吧，說不定能知道太陽的消息。」

他們來到村子，卻發現村子裏靜悄悄的，一個人影都看不到。這也太奇怪了！太陽不見了，村子裏的人也消失了？

靈賢和靈盼來到一戶人家門口，輕輕地敲了敲門，小聲問道：「有人在嗎？你們知道太陽為甚麼不見了嗎？」

窗戶被悄悄地打開了一條小縫，一顆腦袋探了出來。那人慌張地說：「不得了了，你們怎麼還在外面？快躲起來吧，天狗就要來了！」

靈賢不解地問：「天狗？天狗怎麼啦？你們為甚麼這麼害怕牠？」

這時窗邊也露出了一雙眼睛，那人聲音顫抖地說：「那陰山上的天狗是無比兇殘的怪物，太陽就是被牠吃掉的！我爺爺的爺爺親眼看見過天狗吃太陽的黑影！現在太陽沒了，牠肯定要來吃我們了！你們快走吧，別再把天狗引過來！」話音剛落，窗戶和門就「砰」的一聲關上了。

「原來都是天狗惹的禍！」靈賢氣憤地說：「我們這就去陰山，找天狗算帳！」

到了陰山腳下，靈賢有些擔心地說：「天狗聽上去不是好惹的，我們要做點準備才行。」靈盼十分贊同地提議道：「我們看看背包裏有沒有甚麼能用的東西吧！」於是他們打開背包開始翻找。而就在此時，在他們的背後，一雙發着光的眼睛慢慢湊上來，牢牢盯着他們。

那雙眼睛看了一會兒，發出低沉的聲音：「你們在幹甚麼？」

「啊啊啊啊啊啊！」靈賢、靈盼被突如其來的聲音嚇得魂兒都快飛了。他們戰戰兢兢地轉過頭，發現一隻體型巨大的異獸就站在身後。靈賢來不及多想，隨手從包裹抓出兩個像火石一樣的東西，用盡全身力氣撞擊這兩塊「火石」，卻怎麼都點不着，還發出了巨大的聲響。那聲音響徹陰山。

靈賢和靈盼嚇了一跳，大喊：「糟了糟了，拿錯了！這可不是火石，是能發出巨響的漆吳石！」可沒想到，那隻異獸也被這聲響嚇得渾身發抖，害怕地躲在一塊大石頭後面，捂住耳朵喊道：「別敲了，別敲了，快停下！」

原來這異獸也害怕巨大的聲響啊！於是靈賢鼓起勇氣試探道：「你就是天狗吧！只要你把太陽吐出來，我就不敲石頭了！」

天狗聽了委屈地齜着牙說：「太陽？太陽不是我吃的！我從來就沒有吃過太陽！我是祥瑞之獸，才不會幹這種事！」

靈盼生氣地說：「就是你吃的！大家都這麼說，還有人看見了！快把太陽吐出來！」說完，靈賢和靈盼跳上天狗的背，一人一邊揪住天狗的耳朵。

天狗疼得直咧嘴，大聲喊道：「我真的沒有吃啊！」

就在他們吵得不可開交時，突然聽到了玄鳥的聲音。玄鳥送來了天界的消息：「太陽不是天狗吃的，你們冤枉牠啦！要想找到太陽，得先去找太陽女神羲和才行，快去！時間緊迫！」

終於有太陽的消息了！靈賢不好意思地看着天狗，滿懷歉意地說：「對不起天狗，是我們錯怪你了。你願意和我們一起去找太陽嗎？」
天狗哼了一聲，憤憤地說：「哼！好吧，我倒要看看是誰偷走了太陽，還讓大家都冤枉我！」

於是他們順着建木往天界飛去。剛飛到半空，他們就聽到一陣激烈的爭吵聲。原來是太陽女神羲和跟月亮女神常羲在爭論。

只見羲和怒氣沖沖地指着常羲說：「你的月亮怎麼把我的太陽遮住了！」

常羲連忙搖頭：「我的月亮非常乖巧，不可能故意擋住太陽的。」

這時，羲和拿出一面銅鏡說：「我這有一面銅鏡，可以重現太陽被遮住時的情景。我們一起看看到底是怎麼回事！」

說完，義和和常羲跳進銅鏡裏，不見了蹤影。天狗也緊跟着跳了進去。靈賢趕忙拉起靈盼往銅鏡裏鑽：「走，一起去看看！」

鑽進銅鏡後，靈賢、靈盼發現自己來到了一個廣闊無垠的虛空之中，周圍有許多閃閃發光的星星點點。

只見一輛金光閃閃的馬車拉着太陽飛到了半空中，羲和指着馬車說：「這是我的太陽車，每天它都會拉着我的太陽升上天空。太陽光照到地上，就是白天。」

不一會兒，又看到一輛閃着銀光的馬車拉着月亮慢慢飛了上來。常羲說：「那是我的月亮車，它會拉着月亮繞着大地轉圈。」

靈賢、靈盼被眼前的神奇景象吸引住了。他們看到月亮在轉動的時候，慢慢靠近了太陽。隨着月亮的移動，它開始一點一點地遮擋住太陽的光芒，直到最後，太陽被月亮完全遮住了。

「太神奇了！」靈盼驚訝地說：「原來這才是太陽消失的真相！」

靈賢也恍然大悟：「原來是這樣啊！」

靈盼想到之前錯怪了天狗，趕忙對着天狗道歉：「對不起，天狗，我們錯怪你了！原來真的不是你吃掉了太陽！」

天狗挺了挺胸膛，神氣地說：「既然你們誠心道歉，我就原諒你們啦。以後可別再說我是吃太陽的怪物了！我可是能驅邪避災的祥瑞之獸，有我在的地方，就不會有壞事發生！」

靈賢點點頭說：「我們一定會告訴大家，讓他們都不再誤會你！」

啊！
天狗來啦！

人們看到太陽又出現了，都高興地從屋裏走出來。可還沒來得及歡呼，就看見靈賢和靈盼帶着天狗飛了下來。

「啊啊啊啊！天狗！是天狗！」人們嚇得四處逃竄。

靈賢趕緊大聲喊道：「大家不要害怕，太陽不是被天狗吃掉的！你們看，天狗就在這裏，太陽不也好好地掛在天上嗎！」

有村民仍然不解地問道：「那太陽為甚麼會消失不見呢？」

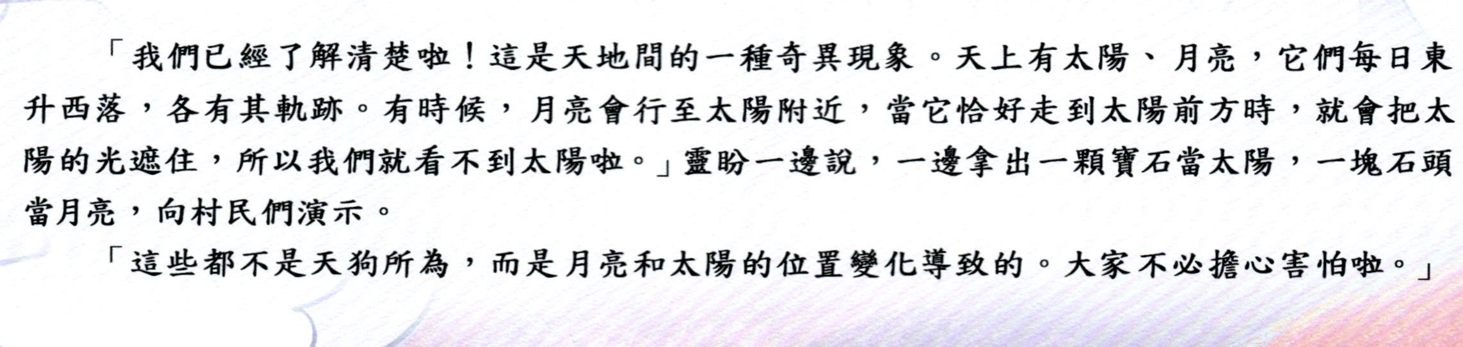

「我們已經了解清楚啦！這是天地間的一種奇異現象。天上有太陽、月亮，它們每日東升西落，各有其軌跡。有時候，月亮會行至太陽附近，當它恰好走到太陽前方時，就會把太陽的光遮住，所以我們就看不到太陽啦。」靈盼一邊說，一邊拿出一顆寶石當太陽，一塊石頭當月亮，向村民們演示。

「這些都不是天狗所為，而是月亮和太陽的位置變化導致的。大家不必擔心害怕啦。」

從那以後，村民們和天狗便和諧地生活在一起。每當日出後，人們在田間辛勤勞作，天狗就會在一旁歡快地奔跑玩耍，守護這片寧靜的村莊。

動力種子 Magic Bean

沉浸閱讀

多元化內容

主題涵蓋中國傳統文化、歷史、個人成長，內容應有盡有

配音隨時聆聽

配有普通話配音，隨時想聽就聽

實體書

電子版

精美圖畫細節滿滿

電子版獨有更寬、更大構圖，呈現更多細節

一個為兒童創作繪本，提供繪本閱讀和創作功能的電子平台。每年更新大量優質繪本，提供有趣的繪本互動功能，更具備獨創繪本「創讀」工具，讓兒童隨時閱讀、隨時創作，激發兒童的閱讀興趣和創造能力。

任意拖動人物互動

豐富閱讀體驗，
讓孩子養成閱讀習慣！

發揮創意

改編、創作兩大模式

配音功能

靈賢

请配音

取消 確定

故事人物個性配音，發掘聲音演繹天賦

創作功能

天馬行空隨意畫，激發孩子想像力

發揮孩子奇思妙想，
深入創造人物，改編精彩故事！

書友交流

分享討論繪本心得

查看好友閱讀動態

分享閱讀樂趣，
知己共同創讀！

即時訂閱，全年暢讀！

掃碼下載試用，了解更多！

山海經數字幻旅 7

天狗食日

在成長數字教育開發團隊　編繪

總策劃　楊江波　周建華
教育顧問　謝錫金　沈雪明
文案設計　王思琪　吳　非　張如婷　李曼琳
插畫設計　王　倩　劉　瑩　顧啟航
配樂創作　楊若辰
技術開發　臧明正　馬一凱　張軍成　劉　爽　祁自豪
地圖繪製　張相偉

責任編輯：潘沛雯
裝幀設計：在成長數字教育開發團隊
排　　版：在成長數字教育開發團隊
印　　務：劉漢舉

出版 | 中華教育
香港北角英皇道499號北角工業大廈1樓B
電話：(852) 2137 2338 傳真：(852) 2713 8202
電子郵件：info@chunghwabook.com.hk
網址：http://www.chunghwabook.com.hk

發行 | 香港聯合書刊物流有限公司
香港新界荃灣德士古道220-248號 荃灣工業中心16樓
電話：（852）2150 2100　傳真：（852）2407 3062
電子郵件：info@suplogistics.com.hk

版次 | 2025年7月第1版第1次印刷

規格 | 16開（244mm x 215mm）

ISBN | 978-988-8914-29-6